CW00496702

Y Lanternwyr

Karin Celestine

Mae'r llyfr hwn yn eiddo i

____

____

____

Diolch enfawr i Tamsin Rosewell am y darluniau, i Cecilia Hewett am brawfddarllen, ac i Pamela Thom-Rowe am y manylion llên gwerin.

Y Lanternwyr. Cyhoeddwyd gan Graffeg yn 2020.

Dyluniwyd a chynhyrchwyd gan Graffeg Cyf.

Addasiad gan Anwen Pierce.

Mae cofnod Catalog CIP ar gyfer y llyfr hwn i'w gael o'r Llyfrgell Brydeinig.

ISBN 9781914079375

1 2 3 4 5 6 7 8 9

Am fwy o fyd Celestine and the Hare ewch i
www.celestineandthehare.com

Y Lanternwyr

Karin Celestine

I bawb sy'n cerdded â chalon dawel, ond yn arbennig i Jennie, rhyfelwraig y goleuni.

GRAFFEG

Anadla'r Ddaear.

Yn yr haf, mae'n anadlu allan ac mae'r byd yn llenwi â chynhesrwydd a goleuni. Mae'n chwerthin ac yn dawnsio, ac mae'r blodau'n rhaeadru o'i chlogyn.

Mae pawb yn gwledda ar ffrwythau'r haf ac yn creu coronau blodau, yn dawnsio a chynnau coelcerthi, gan neidio dros y fflamau'n ddewr.

Pan mae'r Ddaear wedi dawnsio a chwerthin nes daw blinder, mae'n paratoi at ei chwsg. Casgla'r blodau y goleuni a'r cynhesrwydd a'u storio yn eu hadau a'u ffrwythau. Maen nhw'n gwrido â gwres ei dawnsio.

Daw pawb i fedi'r cynhaeaf yn yr hydref, a diolch am roddion yr haf. Maen nhw'n pobi torthau'r cynhaeaf ac yn paratoi at ddyfodiad yr oerfel.

Mae pob creadur bach yn cuddio'r goleuni yn ei wâl a'i ffau.

Anadla'r Ddaear i mewn.

Anadla'r goleuni er mwyn cael cynhesrwydd wrth iddi gysgu.

Mae'r creaduriaid yn gwarchod gwreichion olaf y goleuni yn nyfnder eu llochesi.

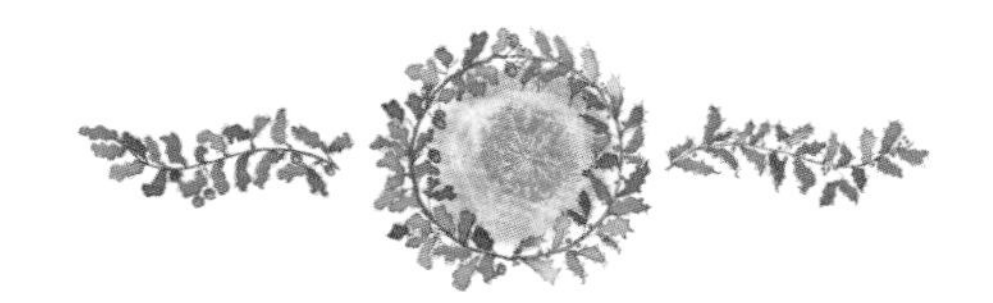

Yn ei chwsg, breuddwydia'r Ddaear am hafau a blodau a dawnsio. Wrth freuddwydio, fe oera ei chlogyn ac mae blodau o iâ grisial yn tyfu. Mae eu harddwch yn atgoffa pawb o flodau'r haf, ond ciliodd eu lliw a'u cynhesrwydd.

Anadla'r Ddaear yn ddyfnach ac mae'r byd yn tywyllu.

Teimlwn na fydd y goleuni byth yn dychwelyd.

Tyrcha'r Rhai Bach dan y cloddiau, yn gwarchod y goleuni.

Anadla'r Ddaear yn ddyfnach fyth gan freuddwydio.

Mae'r oerfel yn gafael a'r tywyllwch yn amgáu'r byd.

Ond yna, mae'n symud yn ei chwsg.

Mae saib.

Saib rhwng yr anadlu i mewn ac allan, rhwng curiadau'r galon.

Y trobwynt llonydd, tywyll.

Alban Arthan.

Y troad.

Troad y flwyddyn.

Daw pawb â choed i'w tai gan addurno'u haelwydydd.

Cyneuant ganhwyllau a boncyffion Nadolig i'w hatgoffa o'r cynhesrwydd a'r goleuni y maen nhw'n hiraethu amdanynt.

Synhwyra'r creaduriaid y saib, y siffrwd a'r symud yng nghwsg y Ddaear.

Ac mae'n cychwyn.

Wrth i'r Ddaear anadlu allan mae'r Sgwarnog, sydd wedi gwarchod y lleuad wrth iddi gadw holl oleuni disglair yr haul, yn galw'r Rhai Bach ati.

Drwy'r tywyllwch, daw bodau bach i gasglu'r gwreichion pitw sydd ar fin diffodd.

Gan gymryd y glowyon tân, maen nhw'n eu gosod yn eu lanterni hadau, ac yn cychwyn cerdded.

Fesul un, mentra'r bodau bach at ei gilydd, allan i'r nos.

Y Lanternwyr.

Cludwyr y gwanwyn.

Fe ddôn nhw o hyd i'w gilydd yn y tywyllwch a chydgerdded, gan gythru'n fân ac yn fuan drwy glawdd a choedlan.

Heibio i'r Fari Lwyd, y gaseg gastiog, wrth iddi fynd ar ei thaith drwy'r fro.

Heibio i'r Gwasaelwyr, ceidwaid y coed, yn canu'n uchel ac yn taro'u sosbenni a'u padellau yn y perllannau.

Ni sylwa'r rhan fwyaf ar y Lanternwyr, ond bydd y rhai tawel eu calonnau sy'n cerdded rhwng y cloddiau ac yn parchu'r Ddaear, yn cael cip arnynt … efallai.

Wrth i'r Ddaear droi yn ei chwsg, anadla allan; yr anadliad hir, araf hwnnw sy'n ei chynhesu, ac yn dwyn iddi'r blodau a'r chwerthin.

Ac wrth iddi droi, wrth iddi anadlu, mae'r Sgwarnog yn dal i alw, ac fe ddôn nhw – yn ddau, yn dri ac yn fintai fach, yn cerdded ac yn ymgasglu.

Anadla'r Ddaear allan, a daw'r Lanternwyr o hyd i'w gilydd, gan ddilyn galwad gwanwynol y Sgwarnog.

Ymlaen â nhw dan gerddded. Pan ddaw blinder,
mae'r Mochyn Daear yn eu hannog ar eu taith,
a'u hatgoffa nad ydynt ar eu pennau eu hunain,
bod eraill hefyd yn cludo'r goleuni.

Ac yn fuan mae'r cwmni'n tyfu nes bod pawb yn sylwi ar y goleuni'n dychwelyd.

Daw'r adar i ganu'n gynt yn y bore.

Daw'r cynhesrwydd i'r Ddaear wrth iddi anadlu allan.

Daw'r Lanternwyr â'u gwreichion pitw ynghyd
i oleuo'r Ddaear unwaith eto, ac mae hi'n dechrau
deffro.

Fe wena'r Ddaear wrth deimlo'r cynhesrwydd,
a breuddwydia am flodau'n dawnsio.

Yn ei gwên lawn eirlys a saffrwm y mae ei neges
i ni – y bydd hi'n dawnsio eto pan ddaw'r goleuni
yn ei ôl.

Ac am iddo gael ei warchod gan fodau bach sy'n ddiwyro wrth eu tasg, fe ddaw'r goleuni yn ei ôl bob tro.

Arferion Ganol Gaeaf

Alban Arthan yw diwrnod byrraf y flwyddyn, cyfnod o dywyllwch ac oerfel. Ond mae hefyd yn gyfnod pan mae'r goleuni'n dychwelyd yn araf bach i'r tir, a'i addewid o wanwyn a bywyd newydd. Yn y cyfnod trawsnewidiol hwn rhwng tywyllwch a goleuni y down ar draws y Fari Lwyd.

Daw'r traddodiad yn wreiddiol o dde Cymru, ond ailgydiwyd yn yr arfer yn y ganrif ddiwethaf, a bellach mae'r Fari'n ymweld â sawl ardal. Mae'n mynd ar ei thaith fel arfer rhwng Alban Arthan a Nos Ystwyll, ac mae dod ar ei thraws yn brofiad rhyfedd a hudolus.

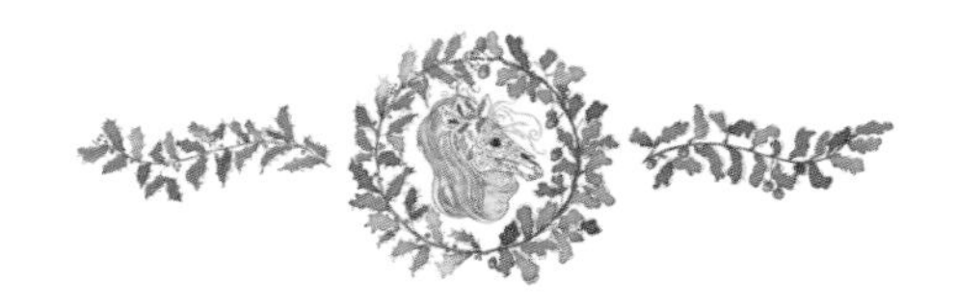

Penglog wedi'i addurno â rhubanau a stribedi o ddefnydd yw'r Fari. Fe'i gosodir ar bolyn a'i gario o ddrws o ddrws, wrth i'r cwmni geisio mynd i mewn i'r tŷ. Cenir penillion gan y Fari a'r preswylwyr am yn ail (pwnco), a'r naill yn herio'r llall. Os yw'r Fari'n fuddugol, bydd hi a'r cwmni'n cael mynd i'r tŷ, gan glecian ei gên ysgyrnog a rhedeg ar ôl y preswylwyr cyn i bawb gael bwyd a diod.

Mae dechreuadau'r traddodiad yn aneglur, a does dim tystiolaeth bod y Fari'n bodoli cyn y ddeunawfed ganrif, ond mae gan y traddodiad gysylltiad amlwg â gwasaela. Daw'r gair o'r Hen Saesneg *wæs hæil*, sef 'byddwch yn iach', ac mae'n gysylltiedig â sawl traddodiad sy'n ymwneud â rhannu bwyd a diod, a dymuno iechyd da i bobl eich bro. Byddai'r dymuniad hwn yn cael ei estyn i fyd natur hefyd – i anifeiliaid a chnydau; cenid cân y wasael i'r coed afalau.

Byddai pobl yn cynnau tân, yn canu, ac o bosib yn taflu seidr at y coed. Rhoddwyd darnau o fara a chacennau yn offrwm i'r coed, o bosib, ond hefyd, yn ôl y sôn, i ddenu'r robin goch i'r berllan – roedd hwnnw'n aderyn lwcus, yn eu tyb nhw. Trewid sosbenni a phadellau i gadw clefydau ac ysbrydion drwg draw o'r perllannau.

Mae rhai o'r traddodiadau a'r coelion hyn yn bodoli o hyd yng nghefn gwlad. Er iddyn nhw esblygu a newid, parheir i ddathlu dychweliad y goleuni.

Pamela Thom-Rowe

Am fwy o wybodaeth ar hanes ac arferion Cymru, ewch i: amgueddfa.cymru/sainffagan

Blog Pamela Thom-Rowe:
myblog.moonbrookcottagehandspun.co.uk

Karin Celestine

Mae Karin yn byw yn Nhrefynwy, de-ddwyrain Cymru. Yn ei gardd y mae sied, ac yn y sied y mae byd arall. Byd *Celestine and the Hare.* Mae'n fyd lle gall caredigrwydd, direidi a harddwch helpu pobl i wenu.

Artist ac arlunydd yw Karin, sy'n creu anifeiliaid ffelt dengar, llawn cymeriad, gan gynnwys sêr ei hanimeiddiadau hyfryd a'i chyfres o lyfrau i blant, a gyhoeddwyd gan Graffeg.

Mae ei hoffter o'r byd naturiol yn cael ei adlewyrchu yn ei cherfluniau copr, sy'n cyd-fynd â'i gwaith ffelt.

Mae Karin yn cynnal gweithdai gwnïo â ffelt, gan annog eraill i ddod o hyd i'w hysbryd creadigol. Y *Tribe of Celestiner Chokliteers* yw ei chlwb, lle mae caredigrwydd a diriedi yn elfennau hanfodol o'r aelodaeth.

Cyfres *Celestine and the Hare*

Ysgrifennodd Karin hefyd gyfres o lyfrau i blant. Darllenwch am weithredoedd bach o garedigrwydd ym mhob un o'r naw stori, a dysgwch grefft newydd wrth ddarllen. Anfonwch luniau o'ch crefftwaith i glwb *Tribe* ar wefan Graffeg, www.graffeg.com